사랑과 사랑이 만나다

쓸수록 깊어지는 사랑의 문장

매일 쓰는 필사북

작가 본연의 글맛을 살리기 위해

한글 맞춤법에 맞지 않는

일부 표현을 수정하지 않았습니다

사랑과 사랑이 만나다

쓸수록 깊어지는 사랑의 문장

홍반장 · 이루다· 천정은 · 김지연

마음세상

프롤로그

이 책은 출판사에서 진행한 공동저서 프로젝트로 기획된 책입니다. 하루 한장 매일 따라쓰는 필사북으로, 깊이 있는 독서의 세계로 초대합니다.

Chapter 1은 홍반장 작가의 글로, 저서《유머가 있으면 이기는 인생이다》와《사랑은 쌓여 내가 되겠지(공저)》에 있는 문장입니다.

Chapter 2는 이루다 작가의 글로《나는 조울증이 두렵지 않습니다》,《사랑은 쌓여 내가 되겠지(공저)》에 있는 문장입니다.

Chapter 3은 천정은 작가의 글로《나는 간호사입니다》,《스마트폰 이기는 독서》,《사랑은 쌓여 내가 되겠지(공저)》에 있는 문장입니다.

Chapter 4는 김지연 작가의 글로,《사랑은 쌓여 내가 되겠지(공저)》에 있는 문장입니다.

필사는 깊이 읽는 독서의 한 방법입니다. 문장을 따라쓰면서 문자가 주는 편안함을 만끽해 보십시오.

공동저서 프로젝트 안내

http://blog.naver.com/maumsesang

이루다

당신의 삶은 너무나 소중하다

Chapter 3   천정은

사랑, 나를 완성시키는 단어

Chapter 4   김지연

행복한 인생에는 탄탄한 사랑이 있다

Chapter 1

홍반장

삶이 사랑이다

사랑의 이름

　이사를 많이 다니는 사람은 정을 붙이기가 쉽지 않다. 정을 붙였다가 떼는 일이 처음 정을 붙이는 일보다 어렵다는 것을 반복으로 알기 때문이다. 여기저기 이동할 때마다 붙여놓은 정은, 아들 딸의 대학 합격을 위해 교문에 붙여 두었던 엄마들의 간절함을 담은 엿가락처럼 끈적한 자국을 남기게 되고 그 자국은 어딘가에 정착해서 잘 익어가고 싶은 간절함으로 변신한다. 유난히 전학을 많이 다녔던 유년 시절 나의 온 마음을 담았던 그 자국들은 내가 거쳐 왔던 초등학교의 담에 아직까지 콧물을 흘리며 붙어있는지도 모르겠다. 여러 학교를 옮겨 다니느라 이름이 기억나지 않는, 어슴프레 실루엣만 떠오르는 내 동무들이 그리운 날엔 초등학교 동창들끼리 한동네에서 허물없이 지내며 함께 깊어가는 우정이 그렇게 부러울 수가 없다. 가을날 황금 들판 같은 우정은 사랑의 다른 이름이 틀림없다. 굳이 핑크색을 타고 오지 않아도 사랑이 분명한 그 감정은 우정이란 이름의 사랑이었다.

무관심에 대한 관심

내가 앉게 된 자리보다 더 뒤쪽 책상에 앉아 있는 그 아이를 수업 시간까지 흘낏거리진 않았으나 쉬는 시간이 되면 책상 앞으로 몰려 든 아이들 틈 사이로 계속 바라보게 되는 것이 아무리 노력해도 시선 이 내 맘대로 되질 않았다. 많은 아이가 몰려와서 나의 사투리 때문에 까르르까르르 웃고 있는데 녀석은 내 앞으로 오기는커녕 제 자리에 서 꼼짝도 하지 않거나 더러 밖으로 나갔다 들어오곤 하는 것이 여간 시선을 사로잡는 게 아니었다. 나의 관심에 대한 상대방의 반응이 무 관심이라면 그 무관심은 사람의 애를 태우는 강력한 무기가 된다는 것을 그 순간 습득해 버렸다. 그러니 우리는 살면서 얼마나 많은 무기 고를 들락날락거리며 살게 되는가. 상대방의 무기가 어느날은 내 무 기가 되기도 하고, 무기를 서로 맞바꾸기도 하는 사랑의 줄다리기는 결국 무관심에 대한 관심으로 시작되는 것이다.

홍반장

바라는 것이 없는 마음

───────────────

따가운 시선을 받을 때마다 별의별 생각이 다 들었지만 그렇다고 해서 그런 생각이 외롭거나 쓸쓸하지는 않았다. 바라는 것이 없는 마음은 상대방이 알아주지 않아도 아프지 않은 법이니까. 그러면서도 마음이 이랬다저랬다… 혼자 서러웠다 위로했다 날마다 철학적 사고가 3.5 춘기 언저리를 헤매는 날들이었다. 바라는 것이 없는 마음이 정말 바라는 것이 없는 건 확실한 걸까? 그건 아직도 정답을 알 수 없다.

홍반장

존재함이 사랑이다

_____

영원히 변하지 않을 것 같은 사랑도 변하고 내 사랑을 회수하지 못하면 억울하다, 헤어지는 마당에 욕 한마디 안하고 멋진 척 보내줘 봐야 진심을 외면한 척일 뿐이고. 내가 사랑을 달라고 했나요? 라고 하면 할 말은 없고. 요샌 쥐도 없고 어느 구멍에 숨느냐 말이다.

그저 주기만 하자. 돌려받을 것에 큰 뜻 품지 말고 사랑하는 것으로 만족하자. 아이는 세상에 태어난 것으로 부모에게 효도를 다 한 것이라는 말이 있지 않은가. 그저 존재함을 감사해야 할 인생이다. 그나마 혼자가 아니라 외롭지 않다면 이 얼마나 다행한 일인가.

홍반장

아이러니한 미의 기준

　남자아이들에게 관심과 주목을 받던 내 친구는 아니었던 그냥 우리 반 여자아이 다희.

　아무리 곰곰이 생각해 봐도 다희의 외모가 뛰어나다거나 공부를 잘한다거나 노래를 잘한다거나, 뭔가 눈길을 끌 만한 게 없어 보이는데 다희는 줄곧 남자 친구들에게 인기가 많았다. 대체 이유가 뭐냐? 아니 비결이라고 해야 하나? 납득할 수 없는 사실 앞에서 어린 나이에 알아버린 진리가 있었으니, 그것은 남자와 여자의 이성을 보는 안목에는 대단히 큰 차이가 있다는 것이다. 학설로 증명할 수 없는 아이러니한 진리였다. 인정하고 싶지 않지만 그런 경우를 종종 보게 된다.

홍반장

배부른 짝꿍

    시간이 흘러 친구들끼리 그때 이야기를 한 적이 있었는데 내 옆에 아무도 앉지 않으면 어쩌나 전전긍긍의 마음이 아이들 모두에게 있었다고 고백했다. 짝이 없다는 것은, 혼자라는 허전함보다 선택받지 못한 것에 대한 책임 없는 부끄러움인 것 같았다. 그 책임을 자신에게 돌리기에도 너무 어렸던 유년의 날에 내가 먼저 선택하거나 선택을 받아서 혼자가 아니어도 된다는 건, 생각해 보면 사소하지 않은 감사였다. 선택하는 것의 용기와 선택받는 것의 기쁨은 적당한 포만감과 비슷한 감정이 아닐까 생각했다. 누구라도 옆에 앉지 않았다면 혼자서 보내는 한 달이 외롭지 않을까 걱정했다기보단 친구들의 시선에 상처를 받을 수 있는 어린 나이였기 때문에 짝이 있다는 건 제법 큰 다행에 속하는 사실이었다.

무거운 침묵

――――――――

　매일 얼굴을 마주하는 사람끼리 마치 자로 그은 듯한 평행으로 침묵을 유지하고 사는 건 대체로 평범하지 않고 싶어서 일부러 설계한 몸부림이라고밖에 해석이 안 되었다. 서로 말을 하지 않고 지내는 시간은 나에게 감옥과도 같은 시간이었다. 그 시간을 아무나 견뎌낼 수 있는 게 아니었다. 게다가 겨우 열세 살 인생이 감당하기엔 너무 무거운 그 침묵은 가슴 깊이 돌덩이처럼 내려앉았다.

홍반장

불편한 선택

스스로도 알 수 없는 마음의 주인이 될 때가 있다. 결론되기 전에 반응이 먼저 나와버리는 마음은 완전한 인지의 과정을 거치지 못한다. 그러나 우리는 그런 상태로 반드시 어떤 선택을 해야 하는 날이 있다. 선택의 날은 성숙의 정도에 맞춰서 찾아오는 것이 아니기 때문에 결국 불편한 선택을 하게 될 가능성이 높다. 마음을 미처 해결하지 못한 채 익숙해져 버리기도 하는 불편한 선택의 결과 앞에 우리는 무능한 편이다.

홍반장

추억의 비밀

―――――――

그렇게 한 달이 지나가자, 겨울이 성큼성큼 우리 앞으로 다가오고 있었다. 우리는 학예회 준비로 분주해지기 시작했다. 아이들은 삼삼오오 짝을 지어 콩트며 노래 또는 율동(춤이라고 표현하기엔 너무 어렸던 우리의 동작들) 등을 준비하며 이전에 본 적 없던 열정을 학예회에 쏟아부었다.

학창 시절의 이런 행사는 결전의 날보다 준비하는 과정이 더 즐겁고 재미있는 추억이 된다는 걸 그땐 알지 못했지만, 그 추억의 놀라운 비밀을 알지 못했다고 해도 우리의 모든 시간은 충분히 즐거웠다. 친구들끼리 정작 연습은 얼마 못하면서 해가 지도록 웃다가 헤어지곤 했으니까.

추억이 된 모든 시간속엔 친구들의 웃음소리까지 생생하게 저장되어 있기 때문이다.

홍반장

사회. 시간

함께 모인 친구끼리 뭘 해야만 즐거운 게 아니었다. 그저 함께 머리를 맞대고 궁리하는 시간 전부가 유년의 노래였다. 더러 의견이 맞지 않아 어느 한쪽이 샐쭉해지는 순간조차 그 노래의 한 소절이 되어 아름다운 리듬으로 우리의 가슴에 높은 음자리표를 그리게 될 것이다. 살아가는 날 동안 우리를 성장하게 하는 원동력, 우정을 나누는 시간은 사회를 배우는 시간이었다. 그렇게 한 걸음씩 내딛게 되는 동요같은 날의 이야기.

홍반장

사랑의 힘

우리가 마음에 새겨둔 사랑은 놀라운 힘을 발휘한다. 어느 시간, 어느 장소에 느닷없이 나타날지 모르지만 나타날 때마다 영화에서 종횡무진 날아다니던 그 히어로가 내 편이 된 것 같은 든든함으로 꽉 꽉 채워진다. 추억을 만들어내는 그 시간, 우리가 세상을 버티는 만만치 않은 시간을 사랑이라고 표현하기도 한다.

홍반장

얼떨결에 놓치는 진실

살다 보면 가끔 진실을 모를 때가 더 좋았던 적이 있다. 진실을 정말 알고 싶었는데 그 진실이 예상했던 것과 너무 달라서 엄청난 상실감을 가져다준 경험이 있다면 기억 저편으로 진실을 묻어두고 싶을 것이다. 그러나 보통의 사람들이라면, 그런 상처가 있다고 해서 일부러 진실을 덮어두기 위해 어떤 거짓말을 설계하기란 쉽지 않은 일이다. 그건 예상하고 계획했다기보다 뻔히 알면서도 중요한 타이밍을 놓치는 것과 비슷한 시간차로 벌어지는 일일 것이다. 타이밍을 놓친 거짓말은 정직해질 타이밍을 찾느라 무엇에도 집중할 수 없는 불안을 가져다주었다. 뇌와 심장의 거리를 유지하느라 애쓰는 시간은 곡예사의 줄타기와 같았다.

홍반장

모든 타이밍

어른이 되는 것과 성숙해지는 것은 별개임을 종종 느꼈다. 나이를 먹고 어른이 되었지만, 솔직하게 잘못을 시인할 수 있는 타이밍을 놓치기도 했다. 차라리 빨리 실수를 시인하면 오히려 간단한데 그 기회를 놓치고 오래도록 전전긍긍하며 무거운 마음의 짐을 내려놓기 위한 방법을 강구하는 구질구질함이 내게도 있었다. 우리는 살면서 매 순간 선택을 만난다. 그때 가장 지혜로운 방법은 타이밍을 놓치지 않는 것이다. 더 좋은 어떤 것이 아니라 더 좋은 어떤 때가 바로 모범답안이었다. 젊어서는 몰랐고, 나이가 들면서는 뻔히 알면서도 묘하게 타이밍을 비껴가는 고집 때문에 해답을 놓치곤 했다. 중년에 이른 내가 삶의 많은 순간에 느꼈던 인생의 지혜는 적당한 타이밍, 바로 그 순간이다.

홍반장

첫사랑 자리

―――――――――

전학 갈 걸 알고 있었을 거잖아. 근데 우리 반 친구 누구에게도 말을 안 하고 갔다는 거야? 이게 말이 돼 이게? 열세 살, 그날의 내 마음이 사실 정확하게 기억나진 않는다. 그저 뭘 잃어버린 것처럼…. 숙제를 다 해놓고 가지고 오지 않은 숙제장 때문에 벌을 서는 아이처럼 자꾸만 억울한 마음이 들었다. 그 아이가 전학 간 일에 내가 왜 억울했는지 모르겠지만.

시간이 지나면서 그날 그 순간, 가슴이 딱딱하게 굳어버린 것 같았다는 희미한 기억만 더해져 갔다.

그 딱딱하게 굳어진 마음자리가 첫사랑의 자리가 아니었나 하는 생각이 들었다.

홍반장

평범한 여자

———————

　마음이 점점 멀어져 갔다. 겨우 열세 살짜리 꼬마가 뭐 그리 오래도록 타인을 이해하고 보듬어 줄 아량이 있었겠는가. 상대가 쌀쌀맞고 인정이 없어 보이나 실제로는 따뜻하고 다정한 사람을 이른다는 사전적 의미의 츤데레였다고 할지라도 그때는 츤데레를 이해하고 기다릴만한 성숙함까지 겸비한 내가 못 되었다. 십삼 년 살아온 인생에서 그 정도의 성숙함이 있었다면 공자님 맹자님과 어깨를 나란히 할 이 시대의 진정한 현(現) 자님이 되었을 텐데 그때나 지금이나 나는 지극히 평범한 오직 여(女) 자일 뿐이다. 딱히 대단한 현(現) 자가 되고 싶은 원대한 포부 따위도 없었다.

홍반장

의심스러운 미모

_____

　난 초등학교 때 쌍꺼풀이 없는 눈이었다. 근데 중학교 2학년 어느 날 자고 일어나니 한쪽 눈에만 쌍꺼풀이 생겼다. 정말 아무 짓도 안 했는데 알아서 생긴 걸 어쩌란 말이냐. 쌍꺼풀이 생기면 예뻐지고 좋을 줄 알았는데 이런…. 하필 한쪽만 생길 게 뭐람. 양쪽 눈이 짝짝이가 되어서 보기엔 별스럽지 않은데 사진만 찍으면 용의자를 의심하는 수사반장의 어떤 형사처럼 뭔가 눈을 치뜨고 있는 듯한 모습이었다. 지금처럼 사진을 찍고 바로 확인해서 맘에 안 들면 보정하거나 지울 수 있던 시절이 아니잖은가. 내 경우가 이러한데 그 남자가 현우가 맞다면 이렇게 단번에 알아볼 수 있을 정도로 변하지 않았다는 얘긴데 세월은 겨우 쌍꺼풀이라는 최소한의 미모를 제공하는 대신 나에게만 엄청난 수수료를 받은 모양이었다. 친구들이 영 못 알아보는 의심의 수수료를 말이다. 간혹 의심의 수수료를 과하게 내는 연예인들이 있긴 하지만.

사랑의 디스플레이

_____

청바지에 면티나 한 장 무성의하게 걸치고 왔다면 망설였을 마음이었다. 유니폼을 입은 거울 속 나를 바라보며 잠시 골몰했다. 아! 하늘색 원피스를 입고 온 게 생각났다. 다행이었다. 됐다 됐어. 그럼, 오늘 만나는 게 좋겠어. 사실 옷이 중요한 게 아니라 또 일주일을 속 터지게 기다리고 싶지 않았기 때문에 누군가의 옷을 빌려 입고라도 그를 만나러 나갈 참이었다. 누군가를 만날 때 무슨 옷을 입고 갈지 고민한다는 것은 분명 그 만남에 대한 마음의 농도가 진해지고 있다는 사실적 묘사일 것이다.

정직하게 살아야 하는 이유

무슨 말이라도 하지 않으면 다시 심장이 기지개를 켤 것 같았다. 우리는 다른 곳으로 이동하지 않고 그곳에서 돈가스와 생선가스를 시켜 먹었다. 이건 생각이 났다. 일기에 적혀있어서. 제정신이 돌아왔나 보다. 그런데 정작 그날의 식사는 맛있고 여유롭게 먹었다기보다 그아이가 워낙 말을 안 해서 조금 불편했던 것 같기도 하다. 게다가 식사 시간 내내 언제 어떻게 진실을 밝힐지 타이밍을 보느라 제대로 맛을 느끼지 못했던 식탁이었다.

사람은 정직하게 살아야 한다는 명쾌하고 단순한 진리가 그렇게나 뼈를 때릴 줄 미처 생각하지 못했다. 한번 내 입을 떠난 말은 내 것이 아니니 말할 때 주의하고 뱉어야 한다. 순간의 거짓말이 이토록 불편할 수가 없었다. 타이밍을 놓친 거짓말은 정직해질 타이밍을 찾느라 무엇에도 집중할 수 없는 불안을 가져다주었다.

홍반장

상황을 이기는 습관

헤어지면서 생각했다. 어쩌면 더 이상 못 만나게 될 수도 있겠구나. 그 사실이 다행이면서도 쓸쓸했다. 어떤 마음이었는지 모르겠던 건 십 대나 이십 대나 마찬가지란 생각이 들었다. 사랑과 아쉬움을 닮은, 설렘 같기도 하고 호기심 같기도 한 그 감정이 싫지 않았던 건 분명하지만 그 감정을 마음껏 즐기기에 나의 용기는 매우 부족했고 넘치는 의리는 왜 또 그렇게나 점점 커지는지. 함박눈이 펑펑 내리는 날 눈송이를 굴려 가며 만든 아빠 눈사람 같았다. 그렇다고 해서 더 채우거나 키우고 싶지 않은 그 용기를 멈추는 일은, 어쩌면 습관이었는지도 모르겠다.

습관이 이래서 무서운 것이다. 습관이 상황을 이긴단 말이지. 다시 그 시간으로 돌아가도 나는 아마 습관대로 했을 것이다. 로맨틱한 상황에 무너지지 않겠다는 정신을 핏줄이 선명하도록 붙잡고 살았던 청춘의 서슬 퍼렜던 날들.

홍반장

일탈을 위한 일탈

　절대로, 무조건 일탈이 나쁘다는 말은 아니다. 가끔은 새장 속에 갇혀있던 날개를 한 번씩 펴고 날아주어야 한다. 하지만 매일 날려주느라 새장 문을 열어둔다면 새는 날아가버리고 새똥만 가득한 새장을 보게 되겠지. 한 번도 일탈을 해본 적 없는 사람은 일탈의 무게도 만만치 않은 법이다. 다 생긴 대로 사는 거지 마음을 먹었다고 해서 무조건 개운하고 가뿐한 일탈을 할 수 있는 것이 아니다. 하다 보면 늘기도 하겠지만 시작이 너무 어려운 일탈도 있는 법.

결국 사랑

사랑이 전부라고 생각했던 때도 있었다. 그땐 비가 오면 사랑이 그리웠고 노래를 들으면 눈물이 났다.

세상 모든 사랑 노래가 내 이야기 같았다. 가요 건 팝송이건 샹송이건 장르를 가리지 않는 내 이야기였다. 그 사랑이 이루어졌건 이루어지지 않았건 사랑은 둥글거나 모난 형태로 구르기도 찌르기도 하면서 내 안을 돌아다녔다. 그래서 사랑을 전부로 알고 살아왔다. 그러다 전부가 아니란 결론을 얻은 날을 만났지만, 결국 그건 사랑이었다.

홍반장

사랑 그 이중성

———————

어떤 사람과는 긴 시간을 함께 보내고 또 어떤 사람과는 긴 시간을 사랑하며 보냈다. 사랑인 줄도 모르고 헤어진 후에야 사랑이었구나 깨닫는 경우가 있고, 내내 사랑이라 여기며 붙잡고 있는 것이 내 고집이고 내 자존심에 갇힌 허상일 때도 있었다. 우리에겐 사랑을 나누었든 나누지 않았든 좋은 기억으로 남아 있는 사람이 있고, 숨 막힐 듯 사랑했지만, 기억 속에서 지우고 싶은 사람도 있다. 헤어짐이 구질구질해서 떠오르면 낯이 뜨거워지는 사람이 있고, 이별로 이어질 줄 모르고 느닷없이 헤어져서 아쉽고 애절한 사람도 있다.

홍반장

이런 사랑

————————————

죽을 것처럼 사랑하다가 죽지 않을 정도로만 간신히 목숨 붙어있을 때 결혼해서 그 목숨 부지하려고 다소 덜 사랑하는 방식을 택해 사는 매일이 결투같은 남편이란 자와 아내란 자도 있다.

다시 태어난다면 반드시 또 만나고 싶을 정도로 넘치게 그리운 사람이 있고, 결국엔 안 만났어야 좋았을 사람도 있다. 자주 만나지 않아도 같은 하늘 아래에 살고 있다는 사실로 위안되는 사람이 있고, 보고 있어도 보고 싶게 갈증나는 사람이 있다.

삶이 사랑이다

그런 사람이 이성이어도 동성 친구여도, 나보다 나이가 많은 어른 이었거나 훨씬 젊거나 어린 친구였어도 마찬가지다. 그 모두가 사랑 이었다. 비단 사람뿐만 아니라 어느 장소, 어느 물건, 어느 시간이어 도 그렇다. 사랑이라고 말할 수 없는 애매한 감정이나 달뜬 가슴으로 일렁거리는 감정속에서도, 또 어느 계절을 기억나게 하는 하늘과 바 람과 달빛속에서도 우리는 사랑을 배운다. 우리의 삶, 그 자체가 사랑 이기 때문에.

홍반장

모두가 사랑이에요

비와 함께 생각나는 사람, 눈이 오면 보고 싶은 사람, 꽃이나 나무나 바람으로 기억되는 사람, 냄새나 소리로 기억되는 사람, 어느 장소 어느 시간으로 멈춰있는 사람…. 모두가 사랑이었다. 우리의 가슴으로 바람이 지나가던 그 모든 길목이, 꽃향기가 퍼지던 그 모든 길가가 사랑으로 가는 길이었다.

사랑이 없이 사는 날이 있기는 할까?

홍반장

축배의 노래

  제대로 즐기지 못했던 시간이었어도, 온전히 영혼을 불태우지 못했던 순간이었어도 그저 작은 한 조각 꿈같은 추억이었어도, 오래오래 두고두고 꺼내 먹으며 달콤하게 기억될 맛. 그것이 바로 사랑의 맛이다. 사랑은 대단한 서사를 쓰지 않아도 차고 넘치게 아름답다. 화려했던 오페라의 한 장면처럼 그렇게 축배의 노래를 부르는 것이다. 우리는 모두 추억을 가슴에 안고 사는 시인이 되는 것이다. 사랑 때문에.

홍반장

절세미족이라도

_____

　외모로 주목받지 못했던 시간을 신세한탄이나 하며 그냥 흘러가게 두지 않았다. 나 자신을 발전시키기 위해 끊임없이 무엇을 했다. 그러다 보니 잘하는 것이 차츰 늘어났고 잘하는 것이 생겼다는 건 사람들이 나에게 주목했다는 뜻이기도 하다. 그 노력은 원하는 때 원하는 분야에서 리더로 살 수 있는 기회를 가져다주었다. 사람들은 모든 걸 다 가지고 태어날 수는 없다. 부족한 것이 없어 보이는 사람에게도 반드시 부족한 것이 있기 마련이고, 내세울 것이 아무것도 없는 사람에게는 숨겨진 예쁜 발이라도 있게 마련이다. 겨우 발만 이쁘게 태어난 내가 내 삶을 절망에 가두지 않아도 되는 충분한 이유였다. 자신감에는 절망을 이기는 놀라운 힘이 있다. 딱 한 가지만 찾아도 된다. 희고 작은 예쁜 발이라도.

내가 할 수 없는 일

───────────

　예전보다 시간적 여유가 생겼다고 해서 마음이 가벼워지는 것은 아니다. 사람은 오히려 눈앞에 보이지 않게 되면 불안해지기 마련이다. 눈앞에 보이지 않으니 궁금과 걱정이 시작되었다. 그러나 내가 할 수 있는 것은 없었고, 그 무엇도 해줄 수 없었다. 사람이 무엇이든 다 해낼 수 있을 것 같지만 그렇지 않다는 것을 알게 되었다. 평생 내 힘으로 무엇이든지 할 수 있을 거로 생각했던 충만한 교만이 내 안에 가득했음을 깨달았다. 고개가 숙여지는 순간이었다.

홍반장

사랑의 질서

사랑이란 약속된 질서 위에서 각자 최선으로 화합하며 살아야 아름다운 법이다. 왜냐하면 나처럼 생각하고 나처럼 행동하지 않은 것에 대한 화가 생기기 때문이다. 사람은 타인의 다름을 쉽게 인정할만큼 넉넉한 존재가 못 된다. 그저 무너지지 않게 관계의 질서만 잘 지킨다면 반드시 재건되는 우리 인생의 건축 진리를 알게 된 지금. 충분하다. 다시 돌아가고 싶지 않고 더 잘 살아낼 자신도 없기에 후회가 없는 내 삶은 오늘이 가장 좋은 날이다.

홍반장

필요만큼의 기적

현대는 바야흐로 캥거루족의 포화 시대라고 한다. 부모는 끊임없이 주는 것을 당연하게 여기고, 자녀는 받는 것에 습관이 된 사회를 말한다. 그것이 쌍방 간 계획을 했든, 피치 못한 사정으로 그리되었든 간에 마침이 없는 부양의 의무 속에 부모는 지치고 관계는 틀어진다. 요즘같이 자립이 힘든 사회에서 자녀는 더 주는 부모가 좋을 것이고, 부모가 자녀를 보험으로 생각지는 않겠지만 돌려받을 수 있다면 싫다 할 부모가 솔직히 있을까 싶다. 원하는 것이 없는 관계가 아름다운 관계임은 더 말하면 숨찰 일이다. 원하지 않아도 기쁘게 주고, 원하지 않았는데 받았다면 이보다 기쁜 기적은 없다. 그리고 생각해 보면 우리 인생에는 이런 기적이 분명히 있다. 더 기쁘게 서로가 필요를 채워 가는 기적!

오늘, 내 인생을 벅차게 한 사랑의 기적을 한 번쯤 세어보는 것은 어떨지.

홍반장

Chapter 2

이루다

당신의 삶은
너무나 소중하다

실행에 옮길 용기

앞뒤 재지 않고 무언가에 뛰어드는 성향은 어쩌면 무식하게 뛰어들기 때문에 오는 장점이 많다. 순수하게 몸으로, 마음으로 그 무언가를 느낄 수 있다. 바라는 것도 목적이나 목표도 없기에 가능한 일이다. 그저 뛰어드는 것. 도전에는 그러한 자세가 어느 정도 필요하다. 그래야 생각에만 빠져있는 게 아닌 실행에 옮길 용기가 생긴다.

걷기는 치유다

아프다고 방에만 누워 휴식만을 취할 것이 아니라 운동화 끈을 질
끈 묶고 무거운 두 다리를 질질 끌고서라도 세상 밖으로 나와야 한다.
자신 있게 말 할 수 있는 한 가지는, 그 시간을 즐겼다. 즐거웠다는 단
어만으로는 표현할 수 없는 놀라움과 황홀함을 느꼈다. 걷는 행위는
치유다. 두 다리로 시작되는 이 삶의 작은 여행은 온몸과 마음 깊은
곳까지 구석구석 마사지해 주는 치유의 한 수단이다.

이루다

나라는 세계

───────────

걷는 동안 일상생활 속에서 느꼈던 작은 생각부터 큰 문제까지 생각지도 못하게 떠오른다. 그리고 그 생각은 스스로 답을 찾고자 하는 질문으로 이어진다. 그 질문에 셀 수 없을 만큼의 답을 말하며 자신과의 대화가 시작된다. 나라는 책을 읽는다는 생각이 들었다. 그 책을 꼼꼼히 읽어 내려가며 메모하고 영혼 깊이 닿는다는 느낌. 끝이란 게 없는 나라는 책을 읽어가다 보면 세계를 온전하게 경험한다.

이루다

하늘은 고통을 잊게 한다

_____

하루도 같은 색일 수 없는 하늘의 아름다운 빛깔과 계속 바뀌어 가는 구름의 모양을 구경하고 있노라면 방금 도대체 나에게 어떤 고통이 있었는지 까맣게 잊게 된다. 또 꽃들은 어떠한가. 한발, 한발 걷다 보면 각기 다른 향을 풍기는 꽃들이 어디 보지 않을 테면 그렇게 해보라는 듯, 아름다움을 내뿜고 있다. 그 모습에 홀려 어느새 빤히 꽃을 보고 있는 나를 발견 한다. 자연에 이렇게 관심을 가져본 적이 있을까?

이루다

걷기는 공짜

해가 지는 순간, 노을을 보던 기억이 난다. 그렇게 오묘하게 여러 색이 섞인 노을을 보면 감탄하게 된다. 어떻게 세상에 저런 색이 존재할 수 있을까! 아름다운 풍경이 심지어 공짜다. 보지 않을 이유가 없다. 걷지 않을 이유? 없다. 걷기 위한 준비는 두 다리다. 두 다리만 있으면 된다. 걸으면서 깨달은 가장 중요한 사실이 하나 있다. 앞만 보고 냅다 빛을 가르며 걷는 빠른 걸음보다는 어슬렁어슬렁 느림보처럼 걷는 걸음이 훨씬 많은 도움이 된다는 것이다.

이루다

혼자 놀기의 달인

_____

　방에서의 시간은 오롯이 혼자만의 시간이 된다. 어릴 때처럼 인간
관계에 연연하거나 집착하지 않는 나에겐 집이라는 공간이 편하다.
이곳에서 나는 글을 쓰고, 음악을 듣고, 책을 읽거나 공부하기도 하며
혼자 놀기의 달인이 된다. 한해가 지나갈수록 이 혼자 놀기라는 행위
에 애정을 느끼다 못해 그것이 주는 안정감과 황홀함을 축복이라 여
기게 된다.

이루다

나라는 존재에 관한 생각

———————

혼자가 가지는 의미를 몰랐을 땐 누군가에게 기대고 싶고, 충족되지 않는 사랑을 구걸하기도 했다. 사람들은 관계 중독에 빠진 것 같은 현상을 보인다. 타인과 소통할 수 있는 스마트폰을 손에서 놓지 못하며 쉬는 날에는 누군가와 약속을 잡고 사람들이 추천하는 맛집을 가며 주위에 사람이 많아야만 행복한 삶이라고 생각한다. 늘 사람에게만 둘러싸여 있는 상황에서 과연 우리는 나라는 존재에 관한 생각을 할 수 있을까?

이루다

온전히 나를 돌보며 아끼는 삶

이젠 함께 있어도 외로운 존재라면 차라리 혼자이길 선택하겠다. 서로에게 좋은 영향을 줄 수 없는 관계라면 과감히 선을 긋겠다. 그것이 내가 원하는 방향이며 행복을 느끼는 부분에 있어서 중요하다. 나를 사랑하지 못해도 매일 행복한 삶이 아니어도 괜찮다. 사람은 계속 변화할 수밖에 없는 존재이기에. 매일 행복한 하루를 바라지 않는다. 우리가 느끼는 모든 감정은 당연하게 느낄 수밖에 없는 감정이며 행복하기만 한 삶만이 좋은 삶은 아니라고 생각한다. 매일 행복하기를 바라기보단 하루를 온전히 나를 돌보며 아끼는 삶을 살고 싶을 뿐이다.

이루다

당신의 정원에서 꽃피우기를

_____

혼자인 삶은 부정적으로 들린다. 사회에서 도태된 소위 말하는 적응하지 못하여 혼자가 된 사람을 떠올리게 한다. 이게 맞는 걸까? 혼자라는 것은 틀린 게 아니다. 그저 삶을 살아가는 한 형태이다. 결국 인간은 혼자 와서 혼자 갈 수밖에 없는 존재이지 않은가. 온전히 내가 되는 시간의 마음은 정원과도 같다. 무한한 가능성, 표현할 수 없는 행복, 충만해지는 모든 것이 존재한다. 어떤 꽃도 피어날 수 있는 정원, 그 안에서 우린 세상에 존재하는 모든 꽃, 존재하지 않는 꽃까지도 모두 피울 수 있다. 당신의 정원에 당신만의 꽃들을 피우시기를.

이루다

나의 인생 속도

────────────

나이가 들어갈수록 시간의 흐름을 느끼는 속도가 붙는다고 한다. 어릴 땐 그 말을 실감하지 못했다. 삼십 대, 그렇게 나이 들어감을 스스로 인지하게 되면서 하루를 보내는 나의 인생 속도는 무섭도록 빠르다. 어느 날은 이런 생각이 들었다. 모두가 똑같이 주어지는 24시간일 뿐이라고. 제아무리 빨리 간다고 느낀다 한들 결국엔 같은 시간일 뿐이다. 어쩌면 좀 더 열심히 살고 있다고 생각해서 그렇게 느껴지는 건지도 모른다. 지루한 시간은 더디게 간다. 하품이 날 정도로 재미없는 시간은 죽어라 안 간다.

이루다

오늘이 가지는 의미

시간, 시간은 우리에게 어떤 의미를 지닐까? 그저 하루하루 견뎌내는 아무 의미 없는 것일 수도 있고 1분 1초가 아쉽게 느껴질 수도 있다. 모든 건 생각하기 나름이다. 오늘과 내일은 크게 다르지 않을 수 있다. 하지만 오늘과 1년 후의 오늘은 크게 다를 것이다. 그만큼 하루가 모여 만들어지는 인생은 가볍게 볼 부분이 아니다.

이루다

과거는 그저 성장의 발판일 뿐

———————

자주 아니, 거의 매일 생각했다. 과거로 돌아가고 싶다고. 과거로만 돌아갈 수 있다면 행복할 수 있을 것 같았다. 내가 지금 행복하지 못한 건 몇 가지의 잘못된 선택으로 인한 거라 생각했다. 그 실수만 되돌려 놓으면 분명 지금보다 훨씬 좋은 삶을 살 수 있을 거란 확신이 있었고 타임머신도 없는 이 현생을 살면서 바라고 또 바랐다. 이 얼마나 어리석은 생각인가! 오늘도 언젠간 과거가 될 것이다. 그럼, 그때도 난 생각하겠지. 과거로 보내달라고, 그럼 행복해질 수 있을 거라고.

이루다

오늘이 지나면 '어제'가 된다

살아가면서 제일 중요한 건, 오늘이 지나고 나면 '어제'가 된다는 것이다. 결국 과거가 된다. 그러니 지나간 세월을 그리워하며 오늘을 괴롭히는 일은 더 이상 하지 않겠다. 언젠간 떠올릴 오늘이 기분 좋은 날이었으면 좋겠다. 하고 싶은 일이 생기면 언젠간 할 거라는 생각으로 미루지 않겠다. '언젠간'이 오지 않을 수도 있기 때문이다. 남과 비교하지 않는 삶을 선택했고 그렇게 살아가고 있는 요즘은 마음이 한결 가볍다. 각자의 삶이 그리고 각자의 노력이 다르다. 개인이 느끼는 행복의 요소 또한 다른데 어찌 모두 같은 삶을 살아갈까.

틀린 게 아니다, 다를 뿐.

_____

　시대가 많이 변했다. '혼자'라는 말이 더 이상 이상하지 않은 세상이 되었다. 혼자서 밥을 먹고 노래방을 가고 심지어 혼자 술을 마실 수 있는 혼술 술집도 생겨났다. 오히려 이젠 혼자 독립적으로 생활하고 노는 사람들을 근사하게 바라보는 시선도 있는 것 같다. 그 속에 속해있던 나는 혼자만의 시간을 즐기는 사람들의 삶도 멋지다 생각하고, 함께 어울리는 정이 살아있는 인생의 형태도 아름답다고 생각한다. 우리는 그저 방식이 다를 뿐, 틀린 게 아니다.

이루다

사람, 그보다 더 중요한 게 있을까?

─────────────

잃고 싶지 않다는 건 관계에 대해, 노력할 의지가 있다는 것이다. 자신에게 노력하긴 한결 수월하다. 날 위해 투자하고 노력하는 건 무언가 얻는 것이기에. 하지만 내가 아닌 누군가를 위해 노력하겠다는 의지는 귀하다. 쉽사리 생기는 게 아니다. 그 점에서 나의 한층 성숙해지는 마음이 예쁘게 보인다. 앞으로의 일상이 또 하루가 다른 이들로 인해 얼마나 더 풍성해질지 기대된다. 하루가 다르게 변해가는 따뜻함과 정이 사라져가는 이 세상, 그 안에서도 여전히 사람과 사랑은 사라질 수 없는 존재라고 확신한다. 사람, 그보다 더 중요한 게 있을까?

이루다

새로운 것을 보는 눈

영감은 새로운 무언가가 떠올랐을 때 그것을 유연하게 받아들이는 자세에 따라 다르게 자용하리라. 직관적으로 드는 생각이 있는가 하면 '이런 생각은 어떨까? 이런 방법은 또 어떻지?' 이렇게 생각이 꼬리를 물며 무엇엔가 닿기 위해 생각 여행을 떠나기도 한다. 떠오른 생각을 잡기 위해 우린 무슨 수라도 써야 한다. 쉽게 저절로 떠오르는 생각은 없다. 분명 어딘가에서 떠올랐던 부분이 연관되어 연결된다. 특별하지 않은 걸 특별하게 보는 시각에서 영감을 잡아 올린다. 특별한 것도, 흔하게 본다면 길어 올릴 물이 전혀 없다. 영감을 길어 오르고 싶다면 제일 먼저 가져야 할 자세는 어제 보았던 풍경과 대상, 생각에서도 새로운 것을 보는 눈이 아닐까.

이루다

글쓰기의 효과

───────────

글을 쓰면서 신기한 경험이 시작되었다. 상처를 글로 쓰다 보니 이 상처가 더는 나의 상처 같지 않았다. 멀리서 누군가의 상처를 바라보는 기분이었다. 그렇게 객관적으로 상처를 볼 수 있게 되고 나니 아픔이 느껴지지 않았다. 더 이상 상처투성이인 인생을 한탄하지 않게 되었다. 그렇게 후회하던 삶이 다르게 보였다. 고통스럽고 아프다고 느꼈던 과거는 모두 글감이 되었다. 글로 탄생한 지나온 역사는 누군가에겐 공감이 되고 희망을 줄 수 있다. 쓰는 삶을 살기 시작하고 삶의 의미를 다시 찾았다. 의욕이 생겼고 열정이 스멀스멀 올라왔다. 몸과 마음은 다시 뜨거워졌다.

이루다

실패를 두려워하지 말고, 도전

———————

주저하기를 반복하는 사람에게 도전이란 어려운 단어일지도 모른다. 그 이유를 도전 후 찾아오는 '실패' 때문이라고 생각한다. 하지만 실패란 단어는 부정적인 단어가 아니다. 실패는 성장해 가는 과정에 꼭 있어야 할 부분이다. 실패가 있기에 배움이 있고 성장과 발전이 있다. 처음부터 완벽한 사람은 없으며 아무리 노력한다 해도 완벽해질 순 없다. 그저 즐기자는 마음, 신나게 한번 도전해 보자는 마음으로 무거움을 내려놓는다면 우리에게 도전은 이제 더 이상 어려운 단어가 아닌 설레는 단어가 될 것이다.

이루다

끝이 없을 것 같은 고통 또한 지나가리라

그 누구도 당신을 소유물로 여길 수 없다. 자신의 의지나 판단에 따라 성적 행동을 결정하고 선택할 수 있다. 당신의 친절한 행동이 잘못이 아니다. 문제는 이를 이용한 사람이다. 그 때문에 당신을 탓하고 원망할 필요는 없다. 당신은 소중한 사람이다. 이를 이용하려는 사람들을 끊어내고 당신을 소중하게 대해주는 사람들과 함께하기를 바란다. 아픈 기억으로 만들어진 상처는 언젠가는 만져도 아프지 않은 새살이 된다. 새살이 돋으려면 시간이 필요하다. 당신은 어쩌면 아직 그 시간 속에 있는지도 모른다. 상처도 삶도 받아들여야 한다. 새살이 돋아날 시간이 오면 견뎌내지 못할 아픔 또한 사라지고 끝이 없을 것 같은 고통 또한 지나가리라 믿는다.

우리에겐 포기할 권리가 있다

_____

글이라는 소중한 일을 발견하면서부터 나는 포기와 시작을 반복하고 있다. 글쓰기에서는 포기를 반복하여도 나 자신이 한심하다는 생각이 들지 않았다. 글쓰기를 통해 내 마음과 나라는 사람을 제대로 바라볼 수 있게 되었기 때문이다. 외부의 기준에 맞춰 살게 되면 진정한 자신은 사라진다. 삶의 중심을 나 자신에게 맞추는 게 아닌 타인에게 맞추어진 삶은 행복할 수가 없다. 중심을 자신에게 맞추어 사는 삶은 외부가 아닌 자기 내면의 소리에 관심을 기울여야 한다. 자신의 기분과 감정 그리고 욕망에 시선을 맞추어 자신의 마음의 소리에 귀를 기울이고 자신에게 솔직해지기 위해 노력해야 한다.

이루다

소중한 자양분

───────────

'일단 해보고 내 마음이 가는 대로 결정하자'라고 생각한다면 중간에 그만두었을 때도 자신을 자책하지 않는다. 우리에게는 포기하고 싶을 때 포기할 권리가 있다는 것을 잊지 말자. 내 마음이 시키는 대로 결정한 일엔 소중함이 있다. '언제든 그만둘 수 있는 용기' 그것은 앞으로 나아갈 수 있는 새로운 변화가 되어준다. 괴로움을 참으며 끝까지 버텨야만 훌륭한 것이 아니다. 내 삶에 내가 주체가 되어야만 행복한 삶을 살 수 있다. 하지만 이것만은 꼭 기억하자. 아무것도 하지 않으면 아무 일도 일어나지 않는다. 쉽게 포기해버린 일이라 해도, 분명 우린 그 안에서 무언가를 얻는다. 목표를 이루기 위해 노력하는 과정에서 얻는 것들은 우리의 삶에 소중한 자양분이 되어줄 것이다.

이루다

당신의 삶은 너무나 소중하다

────────────

　남들은 이랬다 저랬다 하는 내 모습이 이상해 보일지도 모른다. 하지만 그런 내 모습도 그저 나다. 나는 단지 조울증을 앓고 있을 뿐이다. 아픈 나를 외면한 채 사회의 시선이 두려워 병원의 문턱을 어렵게 밟게 된 자신을 칭찬해주고 대견스럽게 생각해주자. 행여나 조기에 발견하지 못한 나일지라도 자책하지 않기를 바란다. 우리는 모두 실수를 할 수 있으며 그 실수를 용서하고 인정해야만 앞으로 나아갈 수 있다. 당신을 감추지 않았으면 좋겠다. 당신의 삶은 너무나 소중하다.

이루다

고통받는 나일지라도 행복은 존재한다

분명 나처럼 긍정적으로 살아가기 힘든 사람들도 많다. 왜? 삶은 고통이니까. 이 사실만은 분명하다. 삶은 고통이다. 그러나 즐거움과 행복만 계속되는 일은 없다. 고통받는 나는 결국 내가 옭아매는 나의 한 부분에 불과하다. 고통받는 나일지라도 우리는 행복하고 즐거움을 느낄 수 있는 다른 부분이 있다는 걸 잊지 말아야 한다. 고통과 괴로움이 나의 전부가 아니다. 어떠한 괴로움도 나 자신을 잡아 삼킬 수는 없다. 우리가 이 사실을 깨닫는다면 오늘을 견딜 수 있는 하나의 선택을 도울 수 있진 않을까?

이루다

상처 입은 치유자

내가 아무리 부족하고 서툰 인생을 살아왔을지라도 이렇게 하루를
또 살아 숨 쉬는 것처럼 당신에게도 버티기 힘들었던 오늘 하루, 그
고통 속에서도 잘 버텨왔노라고 서로를 부둥켜안고 토닥이고 싶다.
우린 완전할 수 없는 사람이다. 당신뿐만이 아닌 모두가 그러하다. 그
부족함을 인정하고 매일 성장해 갈 수 있다는 믿음을 가져 주기를 바
란다. 인상 깊게 본 책의 한 구절에서 '상처 입은 치유자'가 되고 싶다
는 구절이 나온다. 매우 감동한 구절이다. 나 또한 이 글을 보는 모든
이에게 상처 입은 치유자가 되고 싶다.

이루다

행복은 발밑에

'행복은 발밑에 있다'라고 한다. 쉽게 찾을 수 있지만 먼 곳에서만 찾기 때문에 나온 말이리라. 현재 우리가 누리고 있는 크고 작은 행복들은 우리가 언젠가 꿈꾸었던 미래의 행복이다. 행복이 너무 작아 보여서 느끼지 못하고 찾지 못하는 건 아닌지 한 번쯤 돌아볼 필요가 있다. 나는 그날 비로소 처음으로 평범한 행복을 느껴본 것이다. 내 인생 자체가 평범치 않았기에 나는 소소하고 평범한 행복을 느끼지 못할 것이라 단정 짓고 살았다. 그건 나의 착각이었다. 일상이 주는 소소한 행복이 있는 삶은 결코 멀리 있지 않다. 행복은 우리의 옆에 있다. 아주 가까이 발밑에 말이다.

이루다

나를 믿어주기

―――――――――――

자기 스스로 판단하고 선택할 때 우리의 삶은 더 가치를 발하고 소중해진다. 타인 중심의 아닌 자기중심의 삶이 중요하다. 자신의 마음이 외면당하면 어떤 일에서든 행복할 수가 없다. 타인 중심의 삶에서 벗어나 자기중심의 삶을 살기를 바란다. 자신을 믿지 않는 사람들이 있다. 타인이 나를 믿는 것에도 신경을 쓰며 살아가는데 내가 나를 못 믿는다면 과연 누가 나를 믿어줄까?

내가 나의 안식처가 될 수 있길

_____

나는 나를 믿으려 아직도 노력 중이다. 결코 남의 보는 나로 살길 원치 않는다. 내가 믿는 나로 살길 바란다. 우리는 모두 타인에게서 혹은 어떠한 사물에서 안식처를 얻길 원한다. 하지만 결국 내 안식처 는 내가 되어야 한다. 다른 것에서 얻는 안식의 마지막은 외로움으로 남을 수 있다. 그것은 채워지지 않는 우물이 된다. 나를 믿고 사랑하 며 내가 나의 안식처가 될 수 있길 오늘도 기도하며 살아간다.

이루다

나를 안아 줄 수 있는 사람은 자신뿐

우리를 괴롭히는 왜곡된 생각들은 모두 진실이 아니며 그것들을 믿는 것은 선택이다. 우리는 상처받을지 말지에 대한 선택지에서 선택할 수 있는 주도권을 쥐고 있는 존재임을 잊지 말자. 자신을 하찮게 여기는 문제는 더 좋은 사람을 만나고, 더 나은 환경을 찾는다고 해서 해결되는 게 아니다. 스스로가 만든 허상 안에서 생긴 공허함은 그것들로 절대 채워질 수 없다. 당신을 이해하고 따뜻하게 안아 줄 수 있는 사람은 오직 자신뿐이다.

이루다

인간으로서 존엄성

어떠한 이유에서든 '망한 삶', '저주받은 삶', '태어난 게 잘못인 삶'이란 없다. 모든 존재는 그 자체만으로도 한 인간으로서 존엄성을 지니고 있다. 인간의 삶이란 견디기 어려움을 견디고 희망할 수 없는 꿈을 희망하며 살아가는 일일지도 모른다. 이 모든 게 삶을 살아가는 과정에서 누구나 필수로 겪어야 할 하나의 과제라고 생각한다.

이루다

우리에게 구원이란

나의 경험들은 책에 대한 진실을 말해 주었다. 한 권의 책이 우리에게 가져다주는 건 단순한 정보가 아닌 세계이며 끝도 없이 펼쳐진 우주, 그 자체이다. 한 사람이라도 글을 통해 삶의 의미를 깨닫고 위로받을 수 있기를 바라는 한 작가를 통해 나의 삶은 다시 태어났다. 죽음을 불러들이는 우울함에서 결국 자신을 구원해내는 건 믿음을 포기하지 않고 나 자신을 포기하지 않는 마음이 아닐까.

이루다

CHAPTER 3

천정은

사랑,
나를 완성시키는 단어

나의 리즈시절이 된 3교대 근무

_____

3교대 근무를 6년 동안 하면서 많은 추억과 아픔이 밀려왔다. 이브닝 근무 후 퇴근을 하려는데 교통사고 환자가 한꺼번에 몰려와 다시 근무복으로 갈아입고 밤새 일했던 기억도 있었고, 농약 먹고 들어온 환자에게 위 세척을 하다가 뺨맞은 기억도 있고, 술 먹고 온 환자가 불을 지르겠다며 협박하는 사람도 있었다. 한겨울 눈이 많이 오는 날, 응급실 당직의가 건넸던 바나나 우유와 빵은 추억의 먹거리가 되었고, 밤새 일한 후 아침부터 마셨던 술은 내 삶의 힘겨움을 고스란히 드러냈다. 지난날을 되돌아보니 많은 추억들이 스쳐 지나간다.

잠이 오지 않아 뜬눈으로 출근을 하고, 선배들의 혹독한 가르침을 배우며, 무엇보다 내 삶의 리즈 시절이었다. 내 인생에서 가장 힘들기도 했고 회의감도 느꼈시만 가상 큰 보람을 느꼈던 시절이다. 죽을 듯 힘든 시간도 견디고 버티다 보니 지금의 내가 있는 것 같다.

천정은

내가 응급실에서 배운 것

앰뷸런스를 타본 자는 안다. 얼마나 급박하고 급박한지를. 응급실
에 일하는 6년 동안 앰뷸런스 소리가 들리면 가슴이 철렁했다. 나도
모르게 "제발, 제발!"을 소리쳤다.늘 긴박한 상황에서 일해야 했던 6
년간의 시간은 나에게 많은 깨달음과 삶의 의미를 알게 해주었다. 살
고 싶어도 죽음 앞에 있는 환자들을 보며 산다는 건 누구에게나 소중
한 일이라는 걸 알았다. 나에게 오늘이 마지막 하루라면 나는 어떻게
살아야 할까? 응급실에서 일하면서 나는 삶의 자세에 대해 배웠고 생
명의 소중함을 알게 되었다.

천정은

회의감을 견디고 20년 경력을 채우다

부정적인 사람을 옆에 있으면 나도 부정적인 사람이 된다. 일할때마다 부정 에너지를 내뿜는 사람과 거리를 뒀다. 긍정적인 사람 옆에서 긍정적인 에너지를 얻어야 한다.

자신을 낮추는 겸손함, 세상을 보는 안목이 따뜻한 사람, 긍정적인 언어가 습관인 사람이 내 옆에 있다는 건 직장생활의 큰 복이다.

사람의 생명을 다루는 일을 하는 사람끼리 가장 중요한 건 따뜻한 말과 서로간의 응원이 아닐까? 나의 한마디로 사람 인생이 바뀐다면 오늘 우리는 긍정의 언어를 내뱉어야 한다.

천정은

사직서를 냈던 어느 날

———————————

나 역시도 하루에 몇 번씩 가면을 바꿔 쓴다. 내 감정을 철저하게 속이고 말이다. 늘 웃어야 한다. 늘 상냥해야 한다. 늘 예의 바르게 해야 한다. 이런 압박감 속에 나 역시도 서서히 마음의 병을 얻기 시작했다. 불면증은 기본이고 우울한 감정은 어떻게 표현해야 할지 몰랐다. 그토록 어두운 창살에 갇혀 있을 줄 알았던 나에게 한 줄기 빛이 비추었다. 그 순간 나는 알았다. 내가 잠시 쉬는 게 큰일은 아니구나. 나는 그토록 썩은 밧줄을 부여잡고 있었구나. 너무 애쓰며 살지 말아야겠다고 말이다. 힘들면 잠시 쉬었다 가도 괜찮다고 말이다.

천정은

태움문화는 없어져야 한다

_____

나는 태움 문화는 그 사람의 인성이 미성숙하기 때문이라 생각한다. 나이가 들수록 사람은 고개를 숙일 줄 알고, 포용력을 갖춰야 하는데 나이만 먹고 인성은 바닥인 사람이 의외로 많다. 꼭 한두 명씩은 상대의 단점을 꼽아내기에 바쁜 사람들이 있다.

늘 평가질에 익숙해진 사람은 멀리해야 한다. 남을 평가하며 욕할 시간에 자신의 내면을 살펴보고 자신이 어떤 사람인지 먼저 살펴보자.

천정은

누구나 올챙이 시절이 있었다

첫 직장에 입사하면 누구나 좋은 모습만 보여준다. 처음에는 성난 발톱을 감추며 가면을 쓰고 산다. 다들 좋고 착하게만 보인다. 인성이 바른 사람은 변함없이 일관성 있는 모습을 보이겠지만, 대부분은 시간이 갈수록 변한다.

지위가 높아질수록, 일이 익숙해질수록, 환경에 흡수될수록 목에 깁스를 한다.

평간호사일 때는 일도 열심히 하고 성실했던 사람이 완장 하나 바꿨을 뿐인데 변하는 이유가 뭘까? 그건 초심을 잃어버렸기 때문이다. 초심을 잃지 않는 자세, 이거야말로 직장생활의 가장 중요한 요소가 아닐까 생각해 본다. 누구나 올챙이적 시절이 있다. 명심하자.

천정은

쉬운 거 하나 없는 인생

엄마라는 자리도, 직장인이라는 자리도 쉬운게 하나도 없다. 나 뿐 아니라 모든 엄마들, 직장인들은 피곤함에 찌든 삶을 살면서도 견디고 견디는 삶을 살 거라 생각한다. 아파도 아프다고 내색하지 못하고 울고 싶어도 참아야만 하는 게 인생이 아닐까 싶다. 내 아이가 조금이라도 열나면 업고 병원으로 뛰면서도 내 몸이 아프면 진통제로 버틴다. 직장에서 나는 부속품처럼 일하지만 프로가 되기 위해 오늘도 안 아픈 척 괜찮은 척 활짝 웃는다. 언제 녹슬지, 버려질지 모른 채로 살아가지만 슬프지 않은 척 한다. 엄마라서 어른이라서 말이다. 인생, 우리는 모두들 험난한 여정을 견뎌내는 중이다.

천정은

진정한 의료인이란

_____

병원에 가보면 어떤 의료인은 정말 무뚝뚝하며 차갑고, 어떤 의료인은 바쁜데도 친절하며 웃기까지 한다. 일을 돈벌이 직업이라 생각하며 하루를 버티는 사람은 의료인의 길을 오래 할 수 없다. 형식적으로 일하는 사람에게는 왠지 정이 느껴지지 않는다. 진심으로 우리는 직업을 뛰어넘어 아픈 사람과 함께하는 의료인이라는 소명을 가져야한다.

멀리서 까지 찾아온 환자에게 최선을 다해 이야기를 들어주고 아픔을 공감해 준다면 환자들은 그 감동을 마음속 깊이 간직하지 않을까?

천정은

보호자 입장에 서보니

남들에게 평범한 일상이 우리에겐 아픈 날들이었다. 삶과 죽음의 문턱을 왔다 갔다 하는 언니를 보면서 늘 슬픔에 빠져 있었다. 그 당시 주치의 역시 나에게 큰 힘이 되어주었다. 이런 동생이 어디 있냐면서 눈이라도 붙이고 오라고 늘 걱정해줬다. 그러면서 나에게 준 바나나 우유와 카스테라 빵은 지금도 잊혀지지 않는다. 그 주치의는 밤새 언니의 곁에서 늘 최선을 다해주었다. 언니의 기적 같은 퇴원은 당시 그 병원에서 유명세를 탔다. 교수들은 나를 보며 수고했다며 안아주었고 훗날 의학잡지에 실릴 만큼 화제가 되었다. 최선을 다해준 주치의 선생님과 교수가 없었다면 이런 날이 왔을까? '진정한 의료인 덕분'이라며 소감을 밝혔다. 몇 번의 죽음의 고비마다 달려왔던 의료진들, 새벽까지 밤새 언니 옆을 지켜줬던 주치의들. 함께 울어주며 손잡아준 간호사들. 지금 생각해도 감사하다.

천정은

의료인이 아닌 보호자 입장에 서다

―――――――――

　그날 나는 보호자 입장에서 의료인들을 객관적으로 볼 수 있었다. 바쁘고 힘든 줄 안다. 밥도 못 먹고 화장실조차 가지 못한 것도 잘 안다. 그래도 그들에게 무시당할 만큼 보호자는 약자가 아니다. 의료인의 한마디가 얼마나 간절한지 알기나 할까? 당신의 부모였어도 그렇게 대했을까? 응급실에서 많은 걸 봤다. 채혈한다고 바늘 몇 군데 찌르고 바늘을 던지고 가는 간호사, 퉁명스럽게 설명하는 의사, 서로 떠드는 의료인들의 모습을 말이다. 당신들도 언젠가는 환자가 될 수도 보호자가 될 수도 있다. 지금의 당신이 최선을 다해야 하는 이유다.

천정은

병이라는 죄목을 들고 온 죄수 같다

———————————

아픈 사람의 마음을 알기나 할까? 72시간을 중환자실 앞 의자에 앉아 있는 보호자를 알기나 할까? 형식적으로 대하는 그들의 태도에 나는 할 말을 잃었다. 교대 근무 때 마치 약속이라도 하듯 하하 호호 웃음을 띠며 나오는 의료인들이 보였다. 마치 감옥에서 해방되어 나오는 사람처럼 즐겁게 말이다. 그들은 일할 때는 만사 귀찮고 짜증나고 화난 사람처럼 무뚝뚝했지만 퇴근시간만큼은 세상 무엇 부러울 것 없는 사람처럼 환하게 웃었다. 그런 모습이 가증스러웠다. 웃음이 없는 줄 알았는데 웃음이 많은 사람들이었다.

따뜻한 손 한번 잡아주고 미소 한 번 지어주고 힘내라며 용기를 주는 게 그렇게 어려울까? 자신의 위치에서 최선을 다해 주었으면 좋겠다.

천정은

보호자의 마음을 어루만지다

중환자실 앞에서 초조하게 밤을 새는 보호자들, 김밥 한 줄로 식사를 하는 보호자들, 공중화장실에서 대충 씻으며 행여나 나를 부르지 않을까 초조해 하는 보호자들, 눈을 감고 잠들 수 없는 보호자들, 그리고 아픔을 견디는 환자들, 죽음을 넘나드는 환자들은 결코 약자가 아니다. 아니, 죄인이 아니다.

조금은 보호자의 입장을 생각해주었으면 좋겠다.

천정은

환자로서 존중받고 싶다

무엇보다 환자를 존중하는 의료인들을 볼 때면 그분의 인성에 감탄하곤 했다. 점심을 굶어가며 응급실에서 환자를 보고, 수술을 끝내고 보호자에게 가장 먼저 달려가고, 퇴근시간 지나서까지 회진을 도는 진정한 의료인들을 보면서 감탄하곤 했다. 다만 그런 의료인들이 많았으면 하는 바람이다.

쌀쌀맞은 말투, 일하기 싫은 태도가 아닌 웃음 띤 미소, 상냥한 태도로 환자를 대해주면 좋겠다. 진정한 의료인의 손길이 그립다. 오늘도 그 누군가는 당신의 진정한 손길을 기다리고 있을 테니깐.

천정은

1%의 차별화

병원이 폐업을 한다고? 과거와 달리 문닫는 병원이 늘어나고 있다.

무뚝뚝한 말과 모니터만 보고 약처방하고 5초 컷으로 진료를 끝내는 병원은 오래 유지 되기 힘들다.

많은 환자가 몰리는 병원은 이유가 있다.

1%의 차별화를 만들어야 성공하는 시대다. 환자들이 찾는 병원은 1%의 감동이 있었기에 가는 것이다. 당신은 환자에게 1%의 감동을 주고 있는가?

천정은

진정한 의료인을 만나다

진정한 의료인 한 명을 본 순간 나는 감격의 눈물을 흘렸다. 그 후에도 항문외과 교수는 몇 번 더 오라고 했고, 수지관장도 몇 번 더 했다. 환자 본인도 힘들지만, 그걸 하는 교수도 정말 힘들 거라는 생각이 들었다. 그래도 힘든 내색하지 않고 본인의 업무만 묵묵히 하는 그 의사의 모습을 보면서 나는 진정한 의료인의 모습을 보았다. 아니, 환자 한 명을 살리는 모습을 보았다. 자신의 분야에서 할 수 있는 최선을 다 한 것이다. 그 후 아버지는 조금씩 식사를 했고 멈추었던 장 기능도 다시 조금씩 회복이 되었다. 그 교수를 만나지 않았다면 아버지는 어떻게 됐을까? 생각만 해도 슬프다.

천정은

우리에게 공평한 건 죽음

안간힘을 써서 높은 자리에 오르는 사람은 그 자리에서 행복할까? 화려한 커리어만 내세우는 사람은 스스로에게 떳떳할까? 어차피 올라가면 언젠가는 내려와야 한다. 언제까지 위만 쳐다보고 오를 수는 없다. 욕심 부리며 사는 삶보단 나누며 사는 삶이 멋지다.

언젠가 우리는 다 죽는다. 이 사실을 안다면 인생이 정말 허무하다.

우리 모두에게 공평한 죽음 앞에서 나는 하루하루 어떻게 살아야 할까?

따뜻한 사람이 되자.

하루하루 충실하게 살자.

천정은

쉽지 않은 간호사의 길

모든 직장인들의 삶이 그러하겠지만 간호사의 삶 역시 쉽지 않았다. 자기 기분대로 행동하는 윗사람들의 눈치를 보고, 수간호사의 말에 복종해야 하고, 막말하는 사람들 사이에서 내 마음을 지켜내기 위해서 하루하루가 얼음판을 걷는 기분이었다. 그럼에도 나는 간호사의 길을 20년 동안 달렸다. 참다 참다 안 되겠다 싶을 땐 이직을 결심하고 사표를 던졌고, 내 마음이 다친 날에는 한없이 울기만 했다. 아무렇지 않는 듯 강한 척 하는 내가 안쓰러워 나를 위한 시간과 책을 선물하기도 했고, 나름 나를 잘 돌보며 지금까지 잘 버텼다.

천정은

힘든 직장인의 모습

_____

힘들게 일하고 퇴근하는 어느 날, 공원 벤치에 앉아 하늘을 바라보며 깊은 한숨을 쉬었다. 그 옆에서 소주 한 병을 훌쩍 훌쩍 마시는 한 가장이 보였다. 왠지 모를 슬픔이 밀려왔다. 얼마나 힘들었으면, 얼마나 고통스러웠으면. 내가 가장 힘들다고 생각했는데 주위를 둘러보니 나와 비슷한 사람이 많이 보였다. 그 날 나는 가장의 무거운 어깨를 보면서 많은 생각을 했다. 어쩌면 우리 모두는 가장 힘든 삶을 견디며 살고 있는지도 모르겠다고 말이다.

천정은

버티자. 힘든 인생

힘들다고 울면서도 버텼고, 외롭다고 하면서도 버텼고, 화가 나도 버텼다. 이렇게 버티는 삶을 살면서 화병이 생기고 가슴에 시커멓게 멍이 들었다. 그리고 인내심이 생겼다. 죽을 거 같은 힘든 시간도 견디고 버텼더니 지금 살아서 숨 쉬고 있는 내 자신을 보았다. 견디고 버티는 자가 이기는 자라는 생각으로 오늘도 열심히 버티고 있다. 누가 이기나 해 보자. 오기가 생겼다.

천정은

자연 앞에서 인간은 작은 존재일 뿐

───────────────

"자기 자신을 돌아봐라."라는 자연의 가르침은 아닐런지. 바이러스를 통해 우리는 많은 걸 배우고 느꼈다. 인간은 한없이 작고 작은 존재라는 걸. 그리고 무엇보다 자연 앞에서는 연약한 생명체라는 걸 말이다. 늘 한자리에서 버텨주는 나무들, 꽃들, 아름다운 자연경관은 우리들과 달라도 너무 다르다. 서로의 그늘막이 되어주기도 하고 뜨거운 햇살을 가려주기도 하며 무엇보다 늘 모든 걸 내어준다.

천정은

나는 멋진 간호사

_____

　간호사로서 아픈 기억들이 참 많았지만 환자들이 나를 기억해 줄 때마다 뿌듯했다. 그들의 입장을 조금이나마 이해해주는 간호사가 되려고 노력 중이다.

　삶이 비탈진 오르막만 되풀이 된다며 한탄하던 한때의 나는 지금도 오르막을 올라가며 숨이 차오르고 있지만 그 누구보다 오늘 하루에 집중하며 살고 있다. 다시 오지 않을 이 시간을 최선을 다하며 살려고 한다.

천정은

인생 만만하지 않다

인생 내 뜻대로 흘러가지 않았다. 강한 정신력으로 버텨야만 했다.

나의 아이들 역시 엄마의 보호 속에서 안전한 화초처럼 키우지 않으려 한다.

강한 비바람이 불고, 거센 폭풍우가 오더라도 강한 정신력으로 버티는 힘을 키워주려고 한다. 새벽 5시, 찬물로 세수하며 하루를 시작했다.

천정은

삶의 고비

_____

모든 사람마다 삶의 고비가 있다. 어떤 사람은 그 고비가 삶의 전화점이 되기도 하고, 어떤 사람은 그 고비로 좌절하며 인생을 살아간다.

흘러가는 시간 속에 내 인생을 한탄할 게 아니라 하루하루 충실하게 살기로 했다.

내 인생 내가 중심을 잘 잡고 능동적으로 움직이는 삶을 살고자 했다.

천정은

책 한 권 읽지 않는 엄마는 무식하다

아이에게 공부하라 잔소리하면서 엄마는 책 한 권 읽지 않는 사람이 많다.

"요즘 누가 책을 써? 출판사 사정이 안 좋다는데." 라며 입으로만 떠드는 사람은 무식하다.

아이를 위해서라도 자신을 위해서라도 한달에 최소 한 권은 독서를 해야 한다.

자신의 값어치를 높이기 위해선 독서가 필수다.

천정은

독서 시간을 정하자

아이들과 함께 책을 읽는 시간을 만들어 보자.

독서를 하는 가족 생각만 해도 멋지다.

공부하라는 잔소리보다 중요한건 독서 습관이다.

공부 잘하는 아이의 첫걸음은 독서다.

천정은

엄마는 아이 앞에서 모범이 되어야 한다

공부 잘하는 아이로 키우고 싶으면 엄마가 아이 앞에서 책을 보면 된다.

엄마는 TV 시청하면서 아이에게는 들어가서 공부하고 숙제하라는 것은 불공평하다.

아이는 엄마의 모습을 그대로 본받는다.

잔소리를 줄이고 독서로 자신의 품격을 높이는 엄마가 되어보자.

천정은

시어머니의 사랑

―――――――――

"어머니, 해준 게 왜 없어요? 따뜻한 말과 따뜻한 눈빛, 따뜻한 사랑을 주셨는데요."

오늘도 어머님은 나에게 말했다.

"인생, 힘들어도 오르막이 있으면 내리막도 있는 법이다. 힘내렴."

어머님의 한마디로 나는 물질적인 것 이상으로 더 큰 선물을 받았다.

'미안하다 미안해.' 라는 어머님의 말에 나는 '감사합니다. 어머님.'이라고 답했다.

"물질보다 더 큰 사랑을 받은 저는 복 받은 며느리에요."

비움과 채움을 알려주는 시어머니

"인생, 힘들어도 오르막이 있으면 내리막도 있는 법이다. 힘내렴."

"인생, 쉽지 않다." 하지만 좋은 날도 온다.

'인생 별거 아니야.'.라는 말을 하며 마음을 비우고 살라고 했다.

나는 오늘도 비움과 채움을 통해 힘든 인생을 잘 이겨내고 있다.

인생에서 버려야 할 것은 버리고 남길 것은 남기는 지혜가 생겼다.

천정은

존경합니다. 당신을

어떤 상황에서도 긍정적으로 생각하는 시어머니를 보면서 존경심
이 들었다.

'자신을 가장 사랑해야 한다.'

인생에서 자신을 돌봐야 할 사람은 바로 자신이며 자신을 사랑해
야 할 사람도 자신이다.

물질적인 풍요로움은 물려받지 못했지만 정신적인 풍요로움으로
며느리에게 가장 큰 사랑을 베푸는 당신을 존경합니다.

늘 웃는 얼굴로 사람을 대하고, 먼저 고개 숙일 줄 알고, 베푸는 법
을 알기에 어머님은 인기가 많다.

천정은

따뜻한 말 한마디

오늘도 시어머니의 따뜻한 말 한마디를 선물 받았다.

'말 한마디가 천냥 빚을 갚는다'는 속담처럼 나는 어머님의 말 한마디에 감동을 받고 웃는다.

나는 어머님의 "삶의 지혜"를 선물로 받았다. 힘들게 워킹맘으로 일하고 육아를 하면서도 어머님은 나에게 좋은 말을 많이 해줬다.

천정은

삶을 가르쳐 주신 당신

직장에서 나는 힘든 인간관계 문제도 어머님의 삶의 방식을 적용했다. 내 할 일만 책임감있게 잘 하려고 노력했고, 인간 관계를 깊게 생각하지 않았다. 잘 보이려고 애쓰지 않고, 하루하루에 충실하게 살았다. 비울 건 비우고 버릴 건 버렸다.

나와 상관없는 사람들을 신경쓰며 에너지 소비하며 하루를 망치고 싶지 않았다.

전에는 고민이 있으면 잠못 이룰 정도로 힘들었지만, 지금은 그냥 그러려니 하고 잔다.

고민한다고 해결되지 않는다는 걸 알기에 애써 힘들게 살지 않는다. 하나부터 열까지 걱정만 하고 사는 걸 아는 어머님은 오늘도 나에게 말한다.

"인생 물 흐르듯 살어."

천정은

인생철학

어머님은 나에게 늘 긍정 에너지를 심어주신다.

경제적으로 도움은 주지 못하지만 정신적인 긍정 에너지는 그 누구보다 많이 넣어준다.

"인생, 쉽지 않다."

하지만 좋은 날도 온다.

"인생 오르막이 있으면 내리막도 있는 법이다."

오늘도 시어머니의 따뜻한 말 한마디를 선물 받았다.

"그냥 애쓰지 말고 오늘 하루 충실하게 살아라."

천정은

Chapter 4

김지연

행복한 인생에는
탄탄한 사랑이 있다

사랑이란 무엇일까?

———————————

사랑이란 무엇일까? 바라만 봐도 행복한 것이 아닐까. 사람이 살아가는 인생의 깊은 원동력이 바로 사랑이다. 사랑이 없는 삶이란 얼마나 무미건조한가. 웃을 일도 없고 설렐 일도 없고 슬플 일 도 없고 가슴 떨릴 일도 없다. 이러한 시간이 계속되면 큰 무력감을 느낄 수 있다. 누군가를 사랑하면서 인생의 가치를 깨닫고 삶의 의미를 더하게 된다. 사랑이란 활력 그 자체이다.

김지연

오래 만났다고 사랑이 아니다

오래 만났다고 사랑이 있는 것이 아니다. 아주 오래전에 사랑은 없어지고 끝났는데도 자주 만나며 서로 관계를 이어오는 경우가 많다. 특별히 멀어질 계기가 없어서 그냥 함께 한 것이다. 그래서 20년, 30년을 함께 했지만 마음은 아주 냉정히 멀어져 가는 경우가 있다. 함께 한 시간이 길어도 그 사이에 건강한 사랑이 존재하지 않으면 서로의 가치를 제대로 인정할 수 없게 된다. 이러한 마음의 균열은 인생에서 큰 위기가 닥쳤을 때 본모습을 드러낸다.

김지연

사랑의 큰 의미

정말 사랑하면 그 사람이 떠나가는 것이 두려울 것이다. 그 사람이 없는 삶이란 어떤 걸까? 여기서 사랑이란 반드시 남녀 간의 사랑만을 의미하는 것이 아니다. 가끔 보는 친구, 지인, 가족, 동료 등이 다 해당된다. 그냥 평소처럼 밥 먹고 헤어졌는데 이렇다 할 인사없이 다시는 안 보게 된 인간관계도 그렇다. 정이 없어서 다시 보지 않는 것이다. 늘 그 자리에서 정기적으로 만난다는 것 자체가 큰 안정감을 준다.

김지연

사랑은 노력으로 생기는 것이 아니다

_____

　부족해진 사랑은 노력으로 채울 수는 없다. 정이 안 가는 사람을 어찌 노력으로 사랑할 수 있겠는가. 사랑은 자연스럽게 생겨야 한다. 그러면 저절로 할 수 있는 행동이 아주 많이 생긴다. 안 생기는 사랑을 또 어찌하겠는가.

　　　　　　　　　　　　　　　　　　　　　　　　　　　　김지연

사랑에 빠지면

사랑에 빠진 사람에게는 따로 요구할 일이 별로 없다. 알아서 척척 다 하기 때문이다. 사랑에 빠지면 그 사람이 밥 먹는 것도 예쁘고 화 내는 것도 예쁘다. 설령 무슨 잘못을 했다고 해도 감싸주고 기꺼이 편이 되어준다. 내 곁에 있는 사람이 나를 사랑하는 것만으로도 나는 삶 자체가 편해진다. 하지만 사랑이 없는 사람이라면 어떨까? 이것 저것 하라 시키면 귀찮아 한다. 말만 많고 작은 일 하 나도 걸림돌이 된다.

김지연

사랑이란

사랑이란 노력한다고 생기는 감정이 아니다. 사랑이란 함께 보내는 시간을 오래 가진다고 생기는 것도 아니다. 그냥 눈 감고 잘해준다고 생기는 것도 아니다. 상대방의 마음은 살피지 않고 나만 노력한다고 생기는 것이 아니다.

김지연

사람과 사람 사이를 지탱하는 힘

사랑은 사람과 사람 사이를 지탱하는 거대한 힘이다. 눈에 보이 지 않고 만질 수 없지만 그 존재감이 분명히 느껴진다. 사람들 사이에 사랑이 없으면 맥없이 와르르 무너진다. 사랑이 없으면 사소 한 문제에 도 크게 균열이 간다. 사랑이 있으면 어떤 위기가 와도 극복할 방법을 찾아낸다.

그러니 사랑이란 인생의 원동력이다.

김지연

사랑의 본질

———————

　사랑이란 들뜨고 가벼운 것이 아니다. 균형감 있고 안정감 있으며 편하게 하는 것이다. 사랑은 불안하지 않으며 마음의 평정을 불러오며 궁극의 행복으로 닿게 하는 것이다.

　　　　　　　　　　　　　　　　　　　　　　김지연

사랑의 착각

사랑에 빠지면 어떨까? 가슴이 설레고 구름 위를 걷는 기분이 찾아온다. 단, 사탕을 먹고 달콤한 기분을 느끼듯 잠시 좋은 기분을 사랑으로 여겨서는 안 된다. 겉으로 보이는 화려한 것에 현혹이 되어 스스로 뭐라도 된 것처럼 으쓱하는 것도 잠시 자기 자신을 잃고 착각한 것에 지나지 않는다. 또한 내 마음대로 욕심을 부린다고 그것이 이루어질 거라고 맹신해서도 안 된다.

김지연

진짜 사랑

알량한 것을 사랑의 본질로 생각해서는 안 된다. 금방 변하고 금방
식는 것은 사랑이 아니다. 진짜 사랑이란 엄청난 책임감 그 자체이다.

김지연

타인의 인정

——————————

　타인에게 인정받지 못하면 내 자리도 없어지는 일이 많다. 물론 인정이라는 것이 전부는 아니다. 많은 간택을 받기 위해서는 일단 내가 내 삶의 주인공이 되어야 하고 내가 내 삶에 깊게 뿌리를 내려야 한다. 그래야 간택받지 못해도 실망하지 않고 또 다른 길을 찾을 수 있다. 그러한 힘의 동력은 바로 사랑, 그 사랑의 본질인 진실한 책임감에 있다.

김지연

사랑이 인생에 끼치는 영향

사랑이 반드시 삶에 이득으로만 자리하는 것은 아니다. 어떤 사람을 만나느냐 어떤 사랑을 하느냐에 따라서 이득이 될 수도 있고 손실이 될 수도 있다. 삶의 결과를 좌우하는 큰 요소로 작용하기도 한다.

김지연

나 자신을 사랑하는 일

타인을 사랑하기 힘들 때, 타인과의 관계에서 어려움이 있을 때 차라리 나 자신을 사랑하는 방법으로 선회하기도 한다. 내가 나를 사랑해서 얻는 손실은 없다. 하지만 남을 사랑할 때보다 다이내믹 하고 가슴 떨리고 박진감 있을 수는 없다. 내 자신을 사랑하는 일은 매우 잔잔하다. 때로는 지루하고 어느 순간 지루해지는 일에서 큰 의미를 찾을 수도 없다. 나 자신을 사랑하는 일은 안정감 그 자체일 뿐이다.

김지연

순수한 마음은 더렵혀지기 쉽다

누군가를 좋아하게 되면 그 순수한 마음은 이용당하기도 쉬워진다. 나를 좋아해주니까 부담을 떠안을 거라고 생각하고 이것저것 어려운 부탁이나 요구를 하기도 한다.

김지연

사랑은 원래 하나다

———————————

사랑은 원래 하나다. 둘이 될 수 없고 둘 이상을 사랑하기 어렵다. 근본적으로 하나여야 집중할 수 있고 그 가치가 올라간다. 다 른 사람을 사랑하면서 조건에 맞는 사람과 삶을 영위하기는 어렵다. 다른 사람을 사랑하는 사람 옆에 있는 것도 인생의 리스크다.

김지연

당신의 곁에는 누가 있는가

———————

내가 노력하지 않아도 인생이 술술 잘 풀리는 경우가 있다. 내 곁에 있는 사람이 나를 아주 많이 사랑하면 그렇다. 그런데 내가 아무리 노력해도 티도 안 나고 도리어 힘들어질 때가 있다. 그건 내가 무가치한 사람과 감정 교류 없는 사람과 함께 하기 때문이다. 그만큼 사랑이 인생에 끼치는 영향력은 실로 크다.

김지연

사랑은 시너지다

───────────

　사랑하게 되면 그 사람의 편이 된다. 그 사람이 잘났든 못났든 큰 기여를 했든 큰 잘못을 했든 상관없이 그 사람의 편이 된다. 믿어주고 지지해준다. 사랑이란 강력한 내 편을 만들어주면 인생에 큰 덕이 된다. 사랑하는 사람을 위해서 혼자서는 하지 않던 노력을 하게 되고 그것은 큰 시너지가 되어 인생에 유의미하게 작용한다.

김지연

헤어짐

―――――――――

나를 사랑하지 않는 사람을 놓아주는 것은 내 삶의 큰 리스크 하 나를 제거하는 것이다. 섭섭하지만 그 사람도 노력해도 안 되니까 이해해줘야 한다. 사랑이 노력한다고 되는 일인가. 그 사람이 나에게 정이 없는 것은 그 사람 잘못도 아니고 내 잘못도 아니다.

김지연

반려

죽이 잘 맞는 콤비가 되어 서로 비등한 감정을 가지고 사랑을 영 위
한다면 둘다 큰 시너지를 얻게 되고 인생의 외로움과 고독감에서 해
방되며 서로의 인생을 든든하게 지켜줄 수 있게 된다. 그래서 진실로
사랑하는 사람을 만나고 그 사람과 함께 해야 하는 것이다.

김지연

사랑의 힘

사랑이란 만남에 가치를 부여하는 것이다. 맛있는 걸 보면 같이 먹고 싶고 멋진 옷을 보면 선물하고 싶고.

왜 헤어지는가?

만남이 가치가 없어서다. 그냥 혼자 먹고 싶고 혼자 살고 싶은 것이다. 사랑이 있으면 모든 것이 모인다. 하지만 사랑이 없으면 다 흩어진다. 그것이 보이지 않는 사랑의 힘이다.

김지연

사랑과 사랑이 만나다

초판 1쇄 발행 | 2025년 1월 20일

지은이 | 홍반장, 이루다, 천정은, 김지연
펴낸이 | 김지연
펴낸곳 | 마음세상

외주편집 | 김주섭

출판등록 | 제406-2011-000024호 (2011년 3월 7일)

ISBN | 979-11-5636-597-6(03810)

원고투고 | maumsesang2@nate.com

블로그 | http://blog.naver.com/maumsesang

* 값 17,200원